ザベリオ

大口玲子歌集

Xavier

青磁社

＊目次

大口玲子歌集

ザベリオ

ながさきの

飛行機に草履で乗り込みたる息子席にくつろぐ草履を脱ぎて

アテンダントに差し出されたる折り紙をよろこびて子はおしいただけり

紙コップのアップルジュースを子と飲めり白雲まぶしく続く空の上《へ》に

長崎駅のステンドグラス三枚のうちの二枚に教会のあり

『日本キリスト教史』マンガで通読しルドビコ茨木に子は心寄す

ド・ロ神父、永井隆も漫画にて読みたる息子の蘊蓄を聞く

オランダさん、オランダさんと子どもらに呼ばれプティジャン神父在しき

日本人信徒を探し菓子を配り故意の落馬をせしと子に聞く

長崎市大波止交差点

耳栓をして見る精霊流しにて面識のなき死者を見送る

爆竹と花火はげしく続きつつ紋付袴のさだまさし来ぬ

人生のやうな船どれも海へ向かひ佐田家の精霊船も過ぎたり

爆竹を鳴らしてごらんと言はれたる息子慎重にマッチをすつて

坂道をのぼつておりて朝ミサへまだ路面電車はしらぬ街を

お坊さまみたいな神父さまだねと説教中に子はささやきぬ

カタカナを読みひらがなの意味を追ひラテン語に歌ふ〝StabatMater《スターバト・マーテル》〟

司教さまは皆「長崎の鐘」が好き懇親会後に必ず歌ふ

万感をこめ「ながさきの」と歌ふとき人それぞれの思ひはあらむ

毀誉褒貶われにもあらむこの秋の永井隆を知る人の声

如己堂の小ささのみを子は言へり二人の遺児を思ひやるらし

長崎県西彼杵郡　女の都病院

車椅子に座り配膳を待つ人の背中見つけて子は駆け寄りぬ

子の祈りかなへられたる秋真昼里芋煮食べてゐる人を見つ

「流動食便利だつた」と言ひながら「酒をなめたい」とも言ふ口は

「お父さんは元気か」とまた聞かれ子は「はい元気です」と素直に答ふ

「はい」と答へ「です・ます」使ひ話す子のへりくだり見つ八歳なりの

ひるがへりつばめ去りたる窓外のひかりの秋にきみは関はらず

宮崎限定〈コップのフチ子〉を点滴にぶらさげ帰る　コップなければ

いまだ見ぬハウステンボスいまだ子を原爆資料館に伴はず

長崎カトリックセンター

ヨガの本伏せて布団の上に立ち息子は木立のポーズを始む

祈りとは遠く憧るることにして消しゆく　われを言葉をきみを

爆心地たりし浦上と思ひつつ短く祈り子と眠りたり

照　葉

かたつむりつの出すまでを子と待てるこの世の時間長くはかなし

丁寧に揃へ重ねてこの朝の照葉七枚子のポケットに

雨そそぐ夜の大淀川に来て傘の内にてみじかく祈る

牧水のひたひ尊きものとして詠まれたりけり若き喜志子に

わが祈りきみが遮りたりし夜の青く小さきみかん酸つぱし

乱暴に手首摑まれたりしこと幾たびも思ひ返し秋過ぐ

温泉と河童

日奈久温泉

八代《やつしろ》へさらに日奈久《ひなぐ》へ『行乞記』冒頭九月の旅なぞりゆく

野良猫の野良猫らしきたたずまひ見守りながら足湯につかる

刀傷《かたなきず》といふものありて六百年むかしの神のお告げの湯治

風呂道具さげて歩める人多き街なかふいに石鹸匂ふ

缶ビール片手に自転車ふらふらと漕ぎゆくおぢいさんを見送る

ちくわ食べ大き晩白柚を食べて子と眺めたり八代の海

河童渡来之碑

九〇〇〇の河童は揚子江を下り黄海を経て上陸しけむ

全国へ散りゆきてつひに遠野まで旅せし河童の労苦をしのぶ

水辺にて会はばいかならむ相撲好きの息子と相撲好きの河童と

都城島津伝承館

ガラスケースに人間の指紋のこし見る二百年前の河童の手足

「もう一つの手と足見つかりますやうに」河童のために子は祈りたり

ジョウビタキ

子もわれも暗闇探検隊となり草分けて真の闇に踏み入る

暗闇を歩きたるのち火に出合ひつんと鋭き耳温みゆく

火を消して口閉ぢて闇に座りたり渓流の音は大きくなりぬ

水音はつね聞こえをり沢蟹と鱒のさびしいお話のあひだ

子は不意に死を怖れつつ指さして冬の星座を教へくれたり

ジョウビタキ焚き火起こしし夕べ来て熾火の朝も親しくきたる

子どもたち花いちもんめをする朝のなかなか呼ばれぬ息子の名前

三月十一日

桜散りそめたる夜のしづけさに自衛隊機は消息を絶つ

むらぎもの心は折れることなくて読みたし『工場日記』のつづき

震災の日のイベントの出店《しゆつてん》の企画にはづむ会話を聞けり

「サンイチイチのイベント」と声に出す人が集客の多寡を言ひつのりゆく

ベジカレー、自然栽培野菜など綺羅並べつつ売られてゐたり

市《いち》に嘆くイエスの孤独　いつさいを掃き浄めたりし憤怒を思ふ

きみの黒きセーターを着て過ごしたる三月十一日余寒あり

文鳥のブローチつけて来たることに言及されて灯れるごとし

見ることの深さに刺されたる夜の桜の影を踏みて帰りぬ

国歌「君が代」は、いずれの学年においても歌えるよう指導すること。（学習指導要領）

おそろしく調子つぱづれの「君が代」を歌ふ息子にわれはたぢろぐ

手袋を買ひしきつねの子のはなし聞きて眠りぬ人間の子は

互選

小学生十五人来て嵐山光三郎来て句会はじまる

春まひる見学のみをゆるされて句会に息子の背中見てをり

八歳の息子は季語に苦しみて振り返りすがるやうな目をせり

えんぴつでマルをつけつつ人よりも時間かけ子は五句選びたり

兼題は「すみれ」と「蛙」子どもたちの互選素直なる句会は続く

つつじ摘み蜜を吸ひたるのちの花を子はためらはず土へ落としぬ

投げ入れの山桜ともる水上のステージに太郎冠者の爆笑

菜の花の黄は水面にあふれつつ死につつ蝶を集めてゐたり

モノクロの神

子の額縫はれゐる間の柿若葉、つややかに雨をはじくグラビア

蜷川実花のさくら、東松照明のさくら見終へてさくら遠のく

総統の言葉は冴えて響きけむ山荘に壕にエヴァの裸身に

被爆直後の写真の浦上天主堂　モノクロの神のことば残れり

投下前のファットマンとともにうつりたる半裸の男の行方知りたし

六針を縫ふ手術中の子を待ちて耳つぼダイエットのチラシ読む

泣かざりしことロ々にほめられて息子は手術室より出で来

縫ふ前と縫ひたる後と一枚づつ渡され写真代を払へり

手をつなぎ家族で川を渡りゆく難民の写真見つめをり子は

ホセ・ムヒカ前大統領日本に七日ゐてしやぶしやぶも召し上がる

橋通りに馬を放たば冴え冴えと何処へ走りゆかむ夕暮れ

流星も桜も過ぎて〈昭和の日〉息子と作るよもぎのだんご

生ハムを一枚いちまいはがすとき鎌倉彫のお箸をつかふ

日の暮れを子の声は灯りつつ読めり「うぐひす長者」「いもほり長者」

朝ふたつ夜にひとつの日向夏食べて息子は臍出し眠る

「青鬼の体重何キロだつたつけ」息子切なげに寝言を言へり

鳥の至福

朗読オペラ「若山牧水　みなかみ紀行」〜わたしは鳥〜

牧水の旅装束で現れて古澤巌立てる静けさ

はつ夏の朗読オペラに鳥は啼き牧水は歌ひ川流れゆく

啼き交はし声は重なり揃ひたる郭公の谷、六月の旅

笑ひつつ鳥を呑みたるみなかみの鳥呑み爺さんは牧水と聞く

牧水にまとはりついて啼く鳥の至福牧水の至福を聴けり

三人のソプラノに一首歌はれて喜志子の命光れるごとし

水源を求めて歩きゆく人の涙を見しやルリビタキ啼く

草の実

聖堂とホスピスのある病棟に誰もがマスクして入りゆけり

十字架に寄り添ふ大き鳩の像と眺めしをいつ飛び立ちにけむ

点々と野にある十四の石をたどり風中に長く短く祈る

十字架の道行終へて袖口に草の実びつしりつけ戻り来ぬ

夕食に遅れたる繊き青年は風を叱れるイエスを見しや

放射線治療に喉を灼きし人を聖堂で庭で小部屋で思ふ

汽笛とぎれとぎれに混じる黙想に挿みたりフランシスコの記憶

各部屋に磔刑の同じイエス像ある建物か二階に眠る

信綱と鰐

降り立てばぎらりと暑し亀の井バス「血の池地獄前」停留所

ピラニアは地獄の温泉熱に生き人間と目を合はさず泳ぐ

信綱の歌碑の文字薄れ思はるる昭和十三年の鰐と人

湯ぶねのゆほのあたたかみ鰐の群そが故郷を忘れたるらし　信綱

信綱がそのふるさとを思ひやりし鰐たちのたぶん次世代の鰐

赤ちゃんの鰐九か月と聞きたれど鋭き鰐の目をして居たり

子は地獄に飽きて温泉たまご食べ地獄蒸し焼きプリンを食べる

「8地獄共通観覧券」買ひて二つの地獄行き残したり

好奇心

パセリセロリ春菊ブロッコリーの苗買ひ占め王女のごと帰り来ぬ

立ち止まり麦藁帽子の顎紐を直しくるる間目を伏せわれは

ミサののち子は祭壇の蠟燭を吹き消したりき素足つま立て

なぜそんなことを訊くのと尋ぬれば「好奇心」とのみ言ひし君はも

ランタン

剃りたての坊主あたまをふかぶかと収めてニットの帽子そらいろ

堤防に風吹きわたり子は秋の高さにぐんぐん凧上げてゆく

のぼり旗ひるがへりつつ小春日の大淀川をデモは渡らず

動物将棋たのしかつたと子は言へり今日いちばんの良きこととして

ランタンを灯して消して秋の夜の長さをいまだ知らぬ息子は

明るき声で

寒の水飲んで炬燵でオセロして完膚なきまで子を負かしたり

鴨のからだひとつひとつは冷えきつて川岸に群れ憩ふ真昼間

川沿ひの木々冴えてきみは風中に歩きながらの告解を聴く

被災者名簿登録抹消の可否を問ふ電話来たりぬ明るき声で

面倒をやり過ごさむとする時に言ふなり「夫と相談します」

政治家の事務所開きに神事ありて神饌の魚乾きゆく見つ

ザベリオ

山茶花のくれなゐこぼす木の下へわれは密書を携へて来つ

永遠に心を向けよといふごとき夕映えに遭ひ息白くはく

その名フランシスコ明るく呼ばれけむナバラ王国ハビエル城に

一五四九（己酉）

宣教師ザベリオとして己酉《つちのととり》八月十五日の上陸

マラッカゆザベリオを連れ来たりしはパウロ・ヤジロウ通訳もして

殺人ののちの心を救はれて海賊に戻りけむヤジロウは

焚き火跡かすか匂へるまひるまのマフラーをなくしさうなる水辺

ミラノよりきたれる油彩のマンショ像憂ひありて十六歳に見えず

都於郡《とのこほり》城より豊後へ落ちのびて祐益八歳涙しにけむ

一五八五（乙酉）

謁見は乙酉《きのととり》二月廿二日少年四人の一人を欠いて

黒革の手ぶくろもらひたりし夜のつづきにて蕪のスープを煮込む

その人の棄教を長く思ひたるのちにヨガして祈り眠りぬ

一九〇九（己酉）

しろがねのシモーヌ・ヴェイユ己酉《つちのととり》二月三日のパリに生まれて

弱者みな炎にひかれる蛾のやうに力にたなびくとヴェイユ言ひにき

教会の外側に立ちつくしけむシモーヌ・ヴェイユのまあるい眼鏡

一九四五（乙酉）

乙酉《きのととり》七月十六日雷雨　しめやかに延期伝へられけむ

九〇分延期ののちの〈トリニティ〉爆発し記念碑を残しけり

ロスアラモス、アラモゴードも神は見けむつねに人間とともにゐる神は

ザアカイのやうにも呼ばれ本日のおやつ問ふ声階下に響く

ランドセル置きて出でゆき帰らざるわが家の放蕩息子をゆるす

辺野古崎

「傍観者」と指をさされることもなく生きてオリオンビールを選ぶ

辺野古崎《ふいぬくざち》「二見情話」に唄はれてキャンプ・シュワブのひろがるところ

「語《かた》たしや辺野古《ふぃぬく》」と唄ひ語ること大事なる夜をオスプレイ飛ぶ

「戦場《いくさば》ぬ哀《あは》り」をつひに忘れざる辺野古の座り込み続きをり

ニコルソン四軍調整官

会見の最後そこのみ日本語のアリガトゴザイマス頭を下げて

山之口貘のことばを呼び出して「お国は？」とわれが問はれたる夜

沖縄は「日本」ではなく「日本国憲法」に帰りたかつたと聞く

団　栗

逃れきて深く眠りぬ磔刑のイエス像ある畳の部屋に

聖劇の羊飼ひたちは出番待ちたまごのサンドイッチをかじる

平静を装ひて見つ左手のみで司式するミサの一部始終を

ミサののちぜんざいをすするベトナム人技能実習生の三人

タラップの上で手を振る映像に憲法を踏みにじる靴が見ゆ

戦争が団栗の中に来てゐると少年はその手をひらきたり

家康の首

里山を子と歩きつつ咲き残るほていあふひのむらさき数ふ

クレヨンで工程図描き「ゐのししのお風呂」と呼ばるる穴も過ぎたり

くさぎの実しばし眺めてゐたるのち息子は小さき句帳をひらく

「鹿の糞」季語かどうだか石段にすわり息子は考へてゐる

「家康の首落ちてる」と言ひながらフィギュアの部品を子は拾ひ上ぐ

ジュニア版『真田十勇士』読みてより息子の忍者修行はじまる

うつとりと紙の手裏剣打ちて子は猿飛佐助を師と仰ぐなり

「分身の術は十歳すぎてから」もつともなり佐助先生の言

忍者には音も匂ひもないといふ　息子は汗のにほひしてゐる

暗闇にささやく忍者の合言葉　味方は「ねこ」と答へるらしい

水遁の術を試すとスイミングバスに乗りたる子に手を振れり

ハイヒール

しぶんぎ座流星群を見にゆきて見えず黙深く夜を帰り来ぬ

宮崎へ移住後三年　雪を待つこころ隠して生きる夫は

日本語の字幕無しで観るパゾリーニ　新雪のごと奇跡あらはる

離陸後を少し眠りて目覚むれば子はイヤホンをつけ真顔なり

イヤホンで「親子酒」聴いてゐた息子　泥酔の口調小声で真似て

非常時は脱いで脱出するといふハイヒール　黒きつまさき揃へ

アナウンス通り左の前方に富士見てやすやすと東京に着く

マスクしてモノレールから眺めしは東京の冬の海のつめたさ

ミサののち磔刑のイエス像のまへ振袖姿の五人が並ぶ

恋人を捨てたる二十歳の召命の美しかりけむシスター・ルイジーナ

風にやや膨らむ森か小さき目を閉ぢて雀は寒気に耐ふる

白き鳩、埴輪を隠し赤き実をいくつ隠してゐる冬の森

神を否定する人が神に近きこと言ひて澄みゆくヴェイユの翼

ハイヒール脱いで裸足で祈るひとイグナチオ教会大聖堂に

空港に降り立つわれを待つ人がゐるはよきこと帽子を振つて

立ち上がる

「シン・ゴジラ」観て帰りたる夫と子の震災の記憶に雪が降る

夜の淵の窓の木の枠　肉眼に雪の結晶の精緻見たりき

口論のさなか目を閉ぢ天からの雪に感応して立ち上がる

人を憎む心の翳り鮮しくアウシュビッツに雪は降りつつ

夫と子の留守を愉しみ一椀の七草粥をひとり食べ終ふ

寄り添ひて二匹のたぬき渡りゆき足跡を消す雪が野に降る

声

体より心まぢかくあることに愕然とせり水仙をかぐ

いちめんの菜の花揺るる真ん中にブルーシート敷いて昼寝をしたり

大いなるバスケットひなたに置かれ刃物果物収めてしづか

長崎で磔の刑を受けた二十六聖人の中に十代前半の少年が三人いる。

耳たぶを削がれしことなど聴きながら息子は自分の耳たぶに触る

鳥の声なにかわからぬものの声聞きつつ息子の声に答へつ

侘助

見る人も捥ぐ人もゐない金柑のひとつふたつを盗み食ひして

「ろべえる」と大声で鳴く子の声は草野心平の蛙を鳴けり

離陸後の窓から見れば川筋の明瞭となる一瞬ありぬ

〝Volare《ヴォラーレ》〟をわがために歌ひくれし夜のきみの上機嫌をかなしめり

子が不意に原子爆弾の大きさを問ひたる夜の侘助の白

木の椀に生麩手毬麩　今きみは面罵に耐へて寒く立つらむ

しんしんと雪踏み分けてたづねたき一人はるかに思ふ夜の更け

何を忘れて

絵本には死の苦しみが描かれぬと言ふ子の不満さいごまで聴く

人を待つ春の美々津の無人駅　菜の花の黄いたく目にしむ

菜の花は何を忘れて　この春もひたむきに黄をこぼしつつ咲く

長崎のこの如月の死者としておそらく一歳違ひのふたり

竹山妙子亡くなり六日後の訃報なりき林京子の赤きカーディガン

少女期の被爆ののちをそれぞれに生きたまへりき言葉がのこる

空色の花

那覇空港

清明茶《シーミーチャー》ゆつくり淹れて空港で買ひたる地元紙二紙をひろげる

「唯一の解決策として辺野古」「唯一」といふ語を嚙んでみる

嘉数高台公園

ひらきたる緋寒桜は戦ひを知つてゐるやうなうつむきかげん

トーチカに無数の弾痕残りつつトーチカといふ空間のあり

銃眼から光さしこむトーチカの内部にいかなる言葉ありけむ

普天間に距離詰めてオスプレイ並びその数は数へがたし見守る

平日は飛行するといふオスプレイわが週末を静けかりけり

辺野古

水際に立ちて思へり時ながく「辺野古《ふいぬく》」と呼ばれし集落のこと

米軍の作りしフェンスが空の青海のあを区切りわたしを区切る

「あのあたり魚が居る」と指さしてバケツ持つ子らとすれ違ひたり

余所者として立つわれか貝殻の小さきをふたつみつつ拾つて

わが暮らしの地続きに基地あることを辺野古の海は明らかに見しむ

四時過ぎて人帰りたるテント村　座り込みせぬわれも帰らむ

キャンプ・シュワブゲート前を過ぎ海兵隊《マリーンズ》の若き目に鋭《と》く一瞥さるる

那覇市辻

〈料亭那覇〉に寛ぐ平山良明が空手舞踊に叫ぶ合ひの手

居酒屋に屋良健一郎しばし眠り覚めて語れるその苦渋はや

ひめゆり平和祈念資料館

タクシーはわれを裏門に降ろしたればベンガルヤハズカズラ満開

空色の花を仰げり風に吹かれひとりひとりのやうなる花を

戦場に万年筆を持参せし少女のこころ　立ちてしのびつ

東京に「ひめゆり展」来しかの夏のわれは少女より幼かりしか

「戦後７０年特別展　ひめゆり学徒隊の引率教師たち」

校長の齢に近づきつつわれはひめゆり学徒の遺影に向かふ

美しく消費さるるを断固拒否してあどけなき個々のまなざし

発砲せぬ米兵に「殺せ」と迫りしと少女の最期を短く記す

生徒や教師の疎開希望を引き留めようとする力が強かった。

「動員」「疎開」「戦死」「生存」縦書きの名前の下に記すパネルは

疎開して生き延びし生徒また教師その少数派の名も記されて

高村光太郎「琉球決戦」

「琉球やまことに日本の頸動脈」守るべき本体は遠くあり

「琉球を守れ、琉球に於て勝て」そこより逃ぐることを許さずき
摩文仁

わが視野をはみ出せる海、わが視野に「平和の礎」収まりきらず
敗色濃厚となった一九四五年六月十八日夜、解散命令。

解散を告げられしのちの少女たちいかなる明度の海を見けむや

人間は取り返しつかぬことをして海に赦されたいと願つて

飛行訓練なき週末か爆音をひとたびも聞かずわたしは帰る

Roxana

ゆで卵あまたありしがすべて刻みミモザサラダにしてしまひたり

みどり濃き野のまばゆさへ出でゆきてゆくりなく君に待たれゐしこと

虹のごとく時差八時間を意識せりMJQの「ミラノ」聴きつつ

君が母語に還りゆくときその人をRoxana《ロクサナ》と呼ぶ声の低さよ

差し出されたれば慎重に飲み比べ酸き葡萄酒をわれは選びぬ

山からの雨に濡れつつ八重よりも一重が好きで山吹の花

かの日きみに心は組み敷かれたるまま生きて月照る野を歩みゆく

デコ

公園に咲く紫木蓮白木蓮きみの好めるむらさきに寄る

教皇は機上インタビューに答へつつ同性愛者に言及したり

栗の粉イタリア産を取り寄せて捏ねて作りしカスタニャッチョ

デコポンのデコの部分に常緑の葉つぱ三枚残し売らるる

デコポンのデコの部分から剝けと言ふ鋭《と》き声ありき夜のリビングに

夕焼けを見たか

昼も夜も決して黙してはならない。
主に思い起こしていただく役目の者よ
決して沈黙してはならない。

イザヤ書62章6節

ジャカランダの花のむらさき自転車に轢きて逃げゆくわれにあらずや

白百合は祭壇前に嵩たかく生けられて侵しがたきヴォリューム

聖堂の十二列目に座りたり十二列目に届く百合の香

その最期いかに渇きてありけむとシルベン・ブスケ神父を偲ぶ

マスクして黙つて歩きませうと言ふ　冷えた麦茶をひとくち飲んで

もしこれが共謀ならば共謀の真中にイエス立ちたまふべし

共謀の真中にイエス立ちたまひくもりなき声にわが名呼ばれむ

上空にヒバリ鳴きわたりサイレントデモの八百人は過ぎゆく

押し黙り橘通りを歩きゆくデモに見惚れて転ぶ人あり

報道されぬデモをみづから撮影すブーゲンビリアの花も一緒に

踊り場より見おろしたれば八〇〇の「共謀罪ＮＯ」のボードさみどり

デモに向かひ高く高く手を振りくれし一人を忘れがたく歩めり

はつ夏の路地わたりゆく猫を追ひプラダのエナメルパンプス尖る

サイレントデモにくちびる噛みながら新食感の時代を歩く

パン屑でいつぱいの籠をならべゆき群衆は美《は》しき夕焼けを見たか

VOID

さみだれの親鸞聖人降誕会　本堂に金子兜太現る

戦争を語り俳句は語らぬと「俳句は地獄で作る」と笑みて

VOID《失効》のわがパスポートの緑色の表紙ひらけば二十四歳《にじふし》のわれ

You Tuber になりたいと言ふわが息子「だから結婚しない」とも言ふ

山仕事しなくなり夕べ青草の上《へ》にふかぶかと憩ふことなし

「辺野古《ふいぬく》」の「ふい」は「火」であるといふ言ひ伝へ思ひ出したりほたる見にきて

誰のことばの

人は人にイエスを伝へ旧長崎街道を勁く北上しけむ

信仰も砂糖も通り過ぎたりし街道筋に大楠は立つ

竹林に清談ありし初夏の誰のことばの青き直立

佐賀県立宇宙科学館各階をくまなくめぐれど宇宙人をらず

われをもつとも傷つけることができるのはわが息子　桃に指をぬらして

忍者村のくノ一お龍に身をまかせ子は忍者服着せられてゆく

忍者村に忍者となりて古井戸に隠れゆき子は見えなくなりぬ

届きたる新茶飲みつつ宰相の虚言暴言失言を聴く

策ありてにこやかに話す今朝のわれ王妃エステルのごと顎を上ぐ

２０１号法廷

神の正義、人の正義のそれぞれのむらさき深く紫陽花咲けり

水色の横断幕の端を持ち弁護士会館から地裁まで

地裁までわづかな距離を歩みつつ水湛へたる紫陽花を過ぐ

ここに訴状を出しに来たりし三月の寒かりし日のみどり、くすのき

オレンジのリストバンドは傍聴券決して外すなと指示が出てをり

傍聴券配布締切時刻後に駆け込み来たる幾人かあり

水曜は休診の西山歯科の西山先生も傍聴に来つ

息荒く駆け込み来たる先生のジーンズ姿をはじめて見たり

原告代理人　大村薫弁護士

原告のわが緊張をほぐさむとスマホ開きて子の写真見す

陳述書緻密に修正してくれしこの人もまた母親である

開始時刻迫ればわれは水を飲み２０１号法廷へ向かふ

すでにほぼ満席の傍聴席にややひるみわれは奥へ進めり

異界へとわれは確かに入りぬべし法廷のバーの内側へゆく

弁護団十九人が今日ともにゐてぎゆうぎゆう席をつめ合ひ座る

向日葵は弁護士記章にひらきつつ真中に小さき秤を持てり

裁判官入廷の後いつせいに起立してわれはやや遅れたり

パワーポイントでの訴状陳述。

「安保法制は違憲である」といふ文字に弁護士の若き声が重なる

原告意見陳述一人目　前田裕司（弁護士）

刑事弁護人としての矜持鋭《と》く述べて返す刀で政権を刺す

四十年刑事事件に関はりて「容認しがたき事態」を怒る

原告意見陳述二人目　宮下玲子（母親）

「つぎ」と言はれやや小走りに進み出てわれは証言台に立ちたり

まづわれは一礼したりおそれながら傍聴人にはお尻を向けて

思つたより少し遠いと感じつつ裁判官の面前に立つ

段落のかはり目に唾をのむ時の静けさ　陳述を続けたり

われよりもおそらく若い右陪席細き女性の表情《かほ》の険しさ

裁判長もおそらくわれより若いだらう目を上げたればつねに目が合ふ

原告意見陳述三人目　海保寛（元福岡高裁宮崎支部長、元鹿児島地裁所長）

「裁判官の戦争責任」述べながら八十歳《はちじふ》の人激しく震ふ

「知恵の塩、良心の塩を持て」と言へり元裁判官は裁判官に

裁きは神がくだすものなり法廷にわれは短歌さへ読み上げたるが

法廷にみどりごは泣き眠りたりすこやかに高くいびきを立てて

宮崎でもつとも広き法廷に空席ぽつり　イエスが座る

対面に座れる国側代理人三名とつひに目は合はざりき

われはまだ地の世にあれば苦しみて斯くも地の世の善にこだはる

ビールの人

見に来てはだめと言はれて見に行かずプールで泳ぐ息子を思ふ

息子には「友達」われには「飲み友達」西山歯科の西山先生

子は今ごろ伊賀上野すぎて紀伊の国　忍者の修行続けてをらむ

三セット着替へ持たせたはずなのにお気に入りのシャツで子は帰り来ぬ

「ビールの人」と言はれ四人が手を上げてわれの息子も手を上げてをり

ジャンプして

子どもらはテントの下に収まりて繁く飛び交ふシオカラトンボ

「運動会好きではない」と言ひし子を退場門の陰からのぞく

徒競走八〇メートル走りきりわが子充実してしやがみたり

六人中三位でゴールしたる子の望外のよろこびを遠く見つ

ジャンプしてジャンプして子は踊りをりいきものがかりの曲に合はせて

二歳まで東北に暮らしたりし子が宮崎で踊る花笠音頭

校長も「いろは口説き」を踊りつつ全校ダンスの輪を広げゆく

リレーには出ない息子の親友の竹尾ワタルの力走を見る

全校児童九〇四人　国旗・市旗・校旗掲揚するときしづか

「注目」と言はれたれども国旗見えずテント林立の校庭に居り

赦すこと難しければ

おにぎりを食べるとき子を叱るとき心貧しきわれが居るなり

何にでも搾るべき平兵衛《へべ》酢《す》わが罪に水に魚にビールに搾る

裏切りののちの真闇にユダは泣かずペトロ激しく泣きたりしこと

鳥を待ち風を待ちつつ充実の大銀杏われを見ることのなし

赦すこと難しければ今朝の秋ふかく帽子をかぶり出でゆく

みどりの涙

戦争孤児の話をしんと聞くときの息子するどく耳を立てつつ

宿題に集中できぬ子が不意に「猫とふれあひたい」と言ひたり

子は読書感想画を描き戦争孤児の涙をみどり色に塗りたり

言ひ切らむとしては怯みしわたくしか「あなたを措いて誰のところに」

店員の鼻先に小さき星のピアスわれはビールを注文したり

串カツを齧りつつ「冬のリヴィエラ」を聞きつつひらく歌集『人魚』を

肉まんあんまん

鶏づくしコースのこれは鶏寿司か葱のみどりと生姜をのせて

子の肩をいだきよせむとしたるとき「やめて人前で」と言はれたり

ソーラーカー小さきを組み立て子は冬のひかり丹念に集めてゐたり

エプロンをして年の暮れ子がつくる肉まんあんまん匂ふ夕暮れ

津梁

安室奈美恵の隣に翁長知事痩せて立てりけり「津梁」の文字を負ひ

二十五年前に聞きたる「喜瀬武原《きせんばる》」糸数慶子の声を忘れず

沖縄のまばゆさとして「ちゆらさん」のえりい「ナビィの恋」の奈々子は

宮崎県日向市東郷町坪谷

坪谷には沖縄学童疎開の碑ありて一首の刻まれてをり

海こえて宜野湾国民学校の百二十名は来たりしと聞く

雨

わたしはわたしの言葉をへらしたい。ただ濡れてゐるひるがほの前で

鳥の声

悼　古川典子さん

淡々と病状告げて「驚かせてごめんなさい」と結ぶメールは

大晦日の長崎新地中華街　ぶたまん食べて笑ひ合ひにき

なぜわれに偶然のやうに見せくれし自らのカルテ　コピーをとりて

中華丼冷えゆく店の円卓に息子の屁理屈ゆるしてゐたり

今われが泣いてはいけない　息白く「元気に死にたい」と元気に言はれ

震災後着の身着のまま長崎にたどりつきたる夜に会ひにき

当時二歳の息子のための絵本、おもちゃ、傘、バスタオル届けくれしこと

園長として出勤するその人にその人の傘に長崎の雪

園だよりの「和顔愛語《わげんあいご》」といふ言葉そのままに子らに向き合ひをらむ

「七ひきのこやぎ」の母が劇中に使ふべきハサミ作れるを言ふ

病院へ坂のぼりゆくうしろでの背筋はのびて日傘が似合ふ

小紋氏に敬意はらひつつ母親のごとく仔細を言ひ聞かせけむ

エプロンのパステルカラー　一度だけ園長としての姿見たりき

誤診だとまだ思ひたし母の日に母でなき人へマンゴー送る

二〇一八年八月十日

メール来て電話鳴り別のメール来てきみの死をきみの不在を刻む

ホスピスへ書き送りたりしわが言葉その貧しさを読みしやきみは

爪揚げを共にせしこと繰り返し言ひて息子は瞳を濡らす

「古川さんにもらつた絵本」ウォーリーはひつそりと旅を続けてひとり

マンゴーの御礼にときみが送り来し小池海苔店の海苔残りをり

すべきことをきちんとせよと言ふならむぼーつとしてゐる私にきみは

水辺の森公園へ行けば鳥の時間ながれて鳥の声、きみの声

一杯の水

八月八日

バスで行く長崎平和学習の往路息子が配るキャンディー

宮崎から長崎まで四〇〇キロ

シスターの先唱に声重ねゆくロザリオのなかば高速にのる

八月九日　長崎原爆資料館

われと違ふガイドに付きてやや先の展示に見入る子の背中見ゆ

竹山広が逃げたりし山もとらへつつ米軍撮影の航空写真

十一時前に息子と合流し十一時二分黙禱をせり

サイレンののち静かなる聖堂を次第に満たしゆく蟬の声

黙禱の一分間にわが思ひたりし一人の名を子に言はず

黙禱の一分間に子は何を祈りたりしやいまだ黙して

内閣総理大臣も来てゐるといふ式典の気配聞きたり風に

午後六時より浦上天主堂にて平和祈願ミサ

九年前竹山さんより贈られしベール被りて着席したり

小さい子、前へと言はれ子どもたちは聖堂最前列を占めゆく

後ろの一列は韓国巡礼団

お互ひに平和の挨拶かはすとき握手せり韓国の少女と

朝からの豪雨やみたれば午後八時たいまつ行列に発つといふ声

浦上天主堂を出発し平和公園まで

頭部のみ残りたる被爆マリア像掲げつつアヴェ・マリアとなへつつ

たいまつの火を掲げ先を歩みゆく子を見失はぬやうに歩めり

たいまつの火はいくたびも風に消えそのたび誰かの火をもらひ行く

信仰の火もそのやうに消ゆるたび人からもらふものと崔《チェ》神父は

行列を終へたる爆心地の闇に一杯の水をふるまはれたり

ネパール人修道女跪くたびにその足裏のほの白さ見ゆ

寝る前の祈り短くとなへたるのちを息子は男子の部屋へ

教会の床に布団を敷きつめてひとりひとりとなり眠りたり

あとがき

本書は私の第六歌集である。第五歌集『桜の木にのぼる人』の後に発表した作品の一部は歌文集『神のパズル』に収録し、その後の作品をここにまとめた。

タイトルの「ザベリオ」は Xavier のイタリア語読みからきた表記で、フランシスコ・ザビエルのことである。かつて日本のカトリック教会では、伝統的に「ザベリオ」を使っていたらしい。今年は、フランシスコ・ザビエルが来日してから四百七十年目にあたる。

本書の「ザベリオ」一連は、「短歌往来」（二〇一七年二月号）で酉年生まれの歌人が特集された際に書いた二十一首がもとになっている。フランシスコ・ザビエルの鹿児島上陸が「酉年」、その三十六年後の「酉年」に天正遣欧少年使節がローマ教皇グレゴリウス十三世に謁見し、四百年以上たって私が生まれたのもたまたま「酉年」だった。少年使節の主席正使をつとめた当時の伊東マンショの肖像画がミラノで発見され、マンショの生まれ故郷である宮崎の県立美術館に展示されたのを見ていて「西年つながり」に気づき、インスピレーションを得てまとめたのが「ザベリオ」の連作である。その時に公開された油彩のマンショ像は、スペイン風の衣装に帽子をかぶり、どこか日本人らしからぬ風貌だった。一方、生誕の地である日向都於郡《とのこおり》城跡に立つ銅像の「伊東満所像」は、羽織姿に刀を二本差し、武家の生まれであることを強調するかのようないでたちである。帰国後のマンショは豊臣秀吉から強く仕官を勧められたのを固辞し、司祭に叙階され、キリスト教への風当たりが強くなっていく時代を神父として生きた。人々に洗礼を授け、長崎のコレジオで教えるなど地道に活動を続けて四十三歳で亡くなったマンショのアイデンティティは、武士の子どもではなく、神の子どものほうにあったのだと思う。

息子がお腹の中にいた時の「十月十日」を刻む妊娠週数、小学校の三学期制と年間行事予定表、わが家の冷蔵庫に掛けてある月の満ち欠けのカレンダー、そして教会暦が記されたカトリックカレンダー。目には見えない時の流れを区切り数えるものとして日々の暮らしに欠かすことのできないこよみのさまざまを見ながら、私は生きている。

天草四郎が島原の乱のさなかに書いたとされる「四郎法度書」には、「今程くわれすまの内」という一節がある。「くわれすま」（Quaresma ポルトガル語）は、復活祭前の準備期間である「四旬節」のことで、カトリック信者がキリストの受難と死を思い起こし、祈りと節制、愛の行いにつとめる四十日間である。また、長崎の大浦天主堂を訪ねて信仰を告白した浦上の潜伏キリシタンたちが「今は悲しみの節です」と話したことが、信徒発見を報告するプティジャン神父の手紙に記されている。「悲しみの節」も、同じく「四旬節」を意味する言葉である。原城にたてこもり戦いながらも、四旬節を意識して幕府軍と向き合っていた天草四郎。禁教の時代も教会暦をかたく守って、信仰のよりどころとしてきた潜伏キリシタンたち。

自分が選んだこよみに拠って自由な心で生きた彼らと同じ心を、私もまた生きたいと願いつつ。

大口　玲子

二〇一九年三月三十一日　四旬節第四主日に

歌集　ザベリオ

初版発行日　二〇一九年五月十五日

著　者　大口玲子
定　価　二六〇〇円
発行者　永田　淳
発行所　青磁社
京都市北区上賀茂豊田町四〇－一（〒六〇三－八〇四五）
電話　〇七五－七〇五－二八三八
振替　〇〇九四〇－二－一二四二二四
http://www3.osk.3web.ne.jp/~seijisya/

装　幀　濱崎実幸
印刷・製本　創栄図書印刷

ISBN978-4-86198-434-1 C0092 ¥2600E